Yo quiero ser...

Lada Josefa Kratky

NATIONAL
GEOGRAPHIC
LEARNING

CENGAGE
Learning

Hola. Yo me
llamo Yolanda.

Me gustan las vacas.

Yo quiero ser ranchera.

Hola. Yo me llamo Yamir.

Me gusta pintar.

Yo quiero ser pintor.

Hola. Yo me
llamo Yazmin.

Me gusta jugar
a la pelota.

¡Yo quiero ser campeona!